現代短歌クラシックス 07

O脚の膝

今橋愛

目次

O脚の膝

そこにいるときすこしさみしそうなとき
めをつむる。あまい。そこにいたとき

うすむらさきずっとみていたらそのようなおんなのひとになれるかもしれない

ゆれているうすむらさきがこんなにもすべてのことをゆるしてくれる

エアコンを春ただなかに整えて
結婚したら本を読みたい

さるぐつわつけてるむすめにはとくに
テレビの中のおとこやさしい

かあさんの置いてったはちにむらさきがぽつぽつふえる
水をやります

びーるのんでるの？
びーるのもう
来週のきょう今ごろ
今。かまけてしあわせ

雨粒に閉ぢこめられた真夜中は
ピストルムゥビィ目で追えど「空」

しまいには骨。
しゃらしゃらと音がするものになって

誰かが見ている

わかるとこに
かぎおいといて
ゆめですか

わたしはわたし
あなたのものだ

手をふっても
またねといっても
次にかおをみないと
かおをみたいのです

日本語にうえていますと手紙来て
日本語いがいの空は広そう

濃い。これはなんなんアボガド？
しらないものこわいといつもいつもいうのに

ゆめみても
こいをしても
ふかづめは
いつもわたしとつながっている

やんわりと協調性に首をしめられて
あははでうめていく午後

おでこからわたしだけのひかりでてると思わなきゃ
ここでやっていけない

胃からりんご。
りんごの形のままでそう。
肩はずれそう
この目。とれそう

ジャンプして僕がつりわにふれたとき
みんなはお山のてっぺんでわらってる

やわらかくこころがゆれてるふりをして
紅茶の味がわかりません

よく書けないボールペンみたい
書き進めてもほんとうには進まないかんじ

死ぬるまで使いきれないびんせんをもっていたって
ばしょをとるだけ

踏切のまえに立つときかつかつと
もっとも生きてる呼吸をしてる

そのくちはなみだとどくをすいこんでそれでもかしこい金魚でしょうか

かどっこのほこりをふけばすりきれそう
たいせつすぎたわんぴぃすでふく

とらんぽりん
とんでたら。
子供だけですと注意をされて
わたし。
こどもです

ああまちに
今日も光がさしこむよ
記憶。どこにもうちつけて痛い

たばこ、ひるね、おふろ、カステラ、闇、じっとしていられない、たばこ、たばこ

慣れすぎてやさしかった。あのへやに
いつものようにあんなボサノヴァ

ポケットの中で
二度ゆれたような気のするけいたい見て
さっかく、さっかく。

ぎりぎりのかけてく姿
原っぱの
きみどりいろが
まだぎざぎざで

おむかひのゆうくんのわらふこゑ
なんてぴすとるのにあふまひるでせうか

おめんとか
具体的には日焼け止め
へやをでることはなにかつけること

くもがねー
ちぎれて足跡のようだよ。
こんとんをどけたあとがみたいの。

―国際電話―

なにしてるの。
ねてた　今おきた
てんじょうを見てるよ
白いてんじょうをみてるよ

もうちがうものになってる？
太陽が。
あのひあんなにまぶしかったのに

わたし
てがみ
こいぶみ
なつのてがみ
あいのてがみ

てがみよ

にげのてがみよ

恋人がつげるあのまちの空でさえ
はなれては借りた本にもならない

うすきいろのせかいにいつもいる人を
愛す愛す。
とけたつぶのように

まぁちゃん
まぁ
鳴くように名を呼んだでしょう？
家族って血と人はいうけど

ばかみたい。
月のように信じてる
わすれないで
ついてこないで

こいびとを置いて帰ります
父からのメールはまるで死んだって　電報

家庭内別居というとき
とうさんの目はそんなにも渇いていない

日曜の午後の3時のさんにんで
入れるお茶ほど　えたいのしれない

Tシャツのすそのところをつかんでた
いつのまにかうまくいかない

としとったひともわかいひともふまじめもまじめもせいきがついたらおとこ

きのう家。
軽くこわれて　かあさんは
こんな日にだけ　むらさきのしゃどうを

地下鉄に　地下街に　地上に　それぞれのきまりがあって
やすまりません

まいちゃんのたてぶえなめたかさいくん
谷町線でぐうぐうねてた

からまるかみ
とかしてはかきむしっている
あなたのあかいきもちしりたいよ

ちからなくさしだす舌でだらしないのがみたいんです今みたいんです

もちあげたりもどされたりするふとももがみえる
せんぷうき
強でまわってる

息切らすおとこ
わたしのためだけに
たからものをさがしてきたよう

長い手と足と髪の毛と意志的なことばをもった　おんな
だいてる

過去にだれともであわないでよ
若いきすしないでよ
今　産まれてきてよ

ころ犬を追う子供らのこころすなお
尻っぽにいちどふれてみたいだけ

したうちをされた。
朝は忙しいけど
したうちはしたらいけない

女学生の群れ
つぶしてもおなじようにやってくるから
彼女らは蟻

あたらしいけいたいにすぐかえるひとは
だれとでもきすをしそうなイメージ。

あんまりにこころはやくなりすぎて
ファミリーマート
ぴあで息する

27をかちりとすぎたら
僕はもう不平の数を少なくしないと。

けいたいを忘れた午後。は
だれからも肩をつかまれていない感覚

まっすぐにすーんとけのびするでしょう
枝豆にされるくらいなら

「水菜買いにきた」
三時間高速をとばしてこのへやに
みずな
かいに。

からだから1㎜そとにはりついた
アメーバ状をもてあましてる

棚のかげからこっそりとうかがう　あの。
棚です
私にとってのこいびと

休日は。
あしとてのゆびさきのいろをおとす
そこから気がながれていく

きのうあなた
しろいおでこです
どきどきとしてしまったのに
またみてしまうよ

しろうとして。
膝下にしがみつくときの
青くってつんとつめたいゆびさき

長い手と足と髪の毛と意志的なことばをもった　おんな
かなしい

記憶。このタッパーの中に納まってしまいかねない
ときをおそれる

本買って少し気分が晴れました
副詞にひかりをあてる本です

口ぐせがにげる。
だったころ
にげきれるともっとはっきりおもってました

隣眠る男のいびきではじめます
めーるとよその男が　やさしい

すうっとするためだけになめたあめだまのように生きていきそう
こわいよ。

死ぬるまで言いつづけるよなまじないの言葉をひとつ
よびにあとひとつ

「外人と話してるみたい」あの人が言う
私には「愛人」ときこえる

熱37℃こえると
しんどいの
ほんとと信じてもらえそうで

小児用しろっぷ飲めとのぶちゃんが
かたかたいわす
みぎてやさしい

だれよりも茶色おおかみになってね
わらってた　だれもわるくありません

お花見にいきましょうね
日曜の昼間ふたりでね
もうしんどいね

つかいおえるまでこのへやにいるかしら
三十枚入りすみれこっとん

そんな犬どれだけいるとおもってんの？
ほっとけないからって
たれたみみの犬

この口は夏のせみよりくりかえすどんなにあなたにみにくいだろう

絶望にみちたことばをならべる日に
母は受話器ごしポトフおしえる

こんなにもあいしてしまったんだ
マッシュルームハニー
帰宅は0時

ああこれをしっというのか
だとしたらこれどこにおけばいいのですか

なんどもやりなおしなんどもこじれどこからがどれだけなにをどうやって？

生きているあいだたたかいつづけたら？
こころにうそをつきとおさない

うるさいと投げだす？　倍よりもっと上
くるむように愛すんぢゃないの？

手でぴゃっぴゃっ
たましいに水かけてやって
「すずしい」とこえ出させてやりたい

せつめいのつかないこころひとつあり
まよなかしめじのふさをさいてる

としとってぼくがおほねになったとき
しゃらしゃらいわせる
ひとは　いる　か　な

さんざんの自己主張支える美しい桜
そんなもんあるかと毒づく

こくごの本
そらでとなえる少女らに
しあわせ
ふつうの二倍あげて

きゅうかくが
ばかになるまえに
記憶には
パセリのしおりをはさみこむこと

きゅうそくにうしなういらないほしくない
マルボロライトつぎどこにげる

明け方の空はきれいです
びょうびょうとわたしどこに行くんだろうか

ぼくは流す
やさしいオンガク空のほう
人生のリセットボタンおすとき

かさねても
かさねても
かさねても
かさねても
かさねても

いってしまうの？

エアメール
ふいにとどいてしりました
バングラディッシュの首都はダッカと

耳元でとけだすような感覚を
こわさないまま行きなさいわたし。

あるくぼくがみえているせかい
ぜんぶみてみてよ
これはぜったいい詩だから

ずい分と脈絡のない手紙です
きっと夜遅くかいたものでしょう

しみこまない、しみこまないとすうときのマルボロライトまるでだめです

とまどったようなふるえがなくなって
つまらない
ちゃくちゃくとあんてい

らいとのした　まだどきどきとしていますきすするまでがいちばんきれい

きめたのでしんだひとですはなのなか
こどもみたいにでてきたらこまる

ひりひりになっても泳ぎつづけてる
せまいプール　まぶたの金魚

浴室でおこりうるかぎりつくしたって
あに、いもうとよりずっとせいけつ

よじはんにじてんしゃのぺだるゆるゆると
こぐときのこころ
とってもきれい

ねむれずにひやあせかいているときの
小鳥けんきょでもろい
かわいい

りょうほうの手をくびにまわす
たじろぎもせず　わらってる
くるいだしそう

あったときわらってはなすきりがない
かえりみちのぺだるかなしい

あるくほど痛くなるO脚の膝のよう
はなれてもそこにある月のよう

なきながらいきます
信号やらいとが
ときどきくらげのようにみえます

しろいひじのとこみていたらうすくわらう
それだけでもうどうにでもなれ

くろいおり、とぢこめた。
にげた。
細すぎる膝下からとても器用に。

ねこ　かわいい。
おもった。
かわいい。
ゆるせない。
むちゃくちゃにしてゆるせなかった

「錯覚じゃない」というひとの横顔に
刻まれたしわの数　数えている

うしろからみみみみあまくされたとき
もっとどきどきしてしまいます

まぜようとする
太陽と細胞がする
そこにいなくなったそばから

よっぱらい。けいさつのひと。
まっぴるま
いちたすいちは2だと言い張る

肩見たら口耳にいく
そうぞうが全く今つく
さようならです

手や足はしばられてない
今ここにいる。のにここに
どこにもいない

長い手と足と髪の毛と意志的なことばをもった
おんな

どうしてる?

映画ならななめうしろからとるシーン
おとこ、カーテン、西日、おんな

おとといは
ばあちゃんちの台所で
あのひとが
いなりずしつくる
ゆめをみた

09022898580

オキャクサマノツゴウデトメテオリマス

あらすじがみえないころのあなたとのせっくすきっとたからものです

赤と黄色、おれんじあふれ
どこにいるかわからない言葉
ああ台東区だ。

すれすれで海にはおちない
つかえる。って
かくしんできる
羽根をおもいます

いつも目がどこからかこっちをみていて
こわかった

ああ。
あの目はわたしか。

はっさくのすすけたの口にうす甘い
いつかこういうかんじになりたい

うしろてに
てすりさがしても
きたみちは砂です
思いだせない本です

もうちがうひとにならなくてよくなった
とたんこんなに耳がしずか。

星か花を

たくさんのおんなのひとがいるなかで

たくさんのおんなのひとがいるなかで
わたしをみつけてくれてありがとう

こんにちは。
発音をしたくなったら
どうしたらいい？

いつあえますか

そこにいるひとはだれですか
これからもずっとそこにいるひとですか

あさってには生きてなかったらどうするの？
あさってなんかいつかわからない

うしろから
みみにくちつけていいですか？
夕日のまえでね
そうしてみたい

あのひととしりとりしたりしてました
それいがいに？

なにしてたんだろ

ひらひらと
かぜではためく
いちまいの　布のような

やくそくください

濃いたばこ
夜のてれびや
かきなぐることばでもだめ

とんでゆきたい

ゆるやかな坂道をゆく
このひととけっこんしたらこどもはひとり

世界の関心

朝7時56分に乗れないで
あーあですます
やる気のなさです。

黒板においつけなくても
ていねいにかきます
こくごののうと　おろしたて

かえりみちにとてつもないことなかったよ
とんとおされたらすぐにこけそう。

公民の時間にわたしたメモのこと
わたしたちはあれきりだった

つやつやとしたつばきの葉しならせて
世界の関心引こうとしてた

日直さんに「外でて」と言われ、みんな追い出される。かぜをひいている人だけは教室の中にいることを許される。だからわたしはとてもかぜをひきたかった。おふろで、おけに水をため、頭から水をかぶった。「かぜひきますように」。でも、かぜをひかないので、結局わたしは学校にいた。教室を出たくありません。わざとのろのろと、次の時間の教科書を出したり、教科書とノートのはじっこをそろえたりした。トイレに行き、レモンせっけんでていねいに手を洗ったりした。あきらめて校庭のソテツの木のもとにいたりした。そんな学校に、20歳をすぎて行くことがあった。校庭はあのころとても大きかったのに、今では小さく見えた。あのころの自分の寄る辺なさをわたしはいっしゅんで思いだして、こころから大人になってよかったと思った。

そらをとぶかも　—テーマ「義経忌」—

どうなるかわからないしろいものがすき
少年はあしたそらをとぶかも

すばらしいアンデルセンもエジソンもぼくも
がっこうに行ったりしない

これくらい、とおもったところがじょうしきで
そこからさきは奇のもじがつく

ぬすっとを
つきだすすんぜん
ぬすっとを撃つゆめをみた
せいとうぼうえい

しずかってなんどもよんだ
しずかしずか
夜は首しめるくらいすきだよ

少年がそらをとぶころ清盛のしたごころ　ひとつひかっています

しろいほねみたいにみえるさくらです

てらされてここはうつつでしょうか

さくらさく　さくらさききる　さくらちる　さくらちりきる　またさくらさく

一首目、可能性。
四首目、兄、頼朝のイメージ。
六首目、母、常盤が美しい人だったことなど。
八首目、うつりかわりの儚さ。おなじ瞬間は二度とないということ。

せ、せ、せかい

せ、せ、せかい
素手で　すっぴんで
そのままでさわりたいです

げつようのあさ

スクンビットソイ33

おいてかれないようにあるく
スクンビットソイ33
レンゲがおちてる

目でいみをみた
まずしいって。
コカコーラの紙コップ日がなかかげるおんな

アユタヤーとあだなをつけて
わたしたちくすくすわらう
アユタヤー気づかず

わたしには
白、アディダスのスタンスミス
バニラフラッペ
むねがいっぱい

にんくいしん？
でぃえんなお
みんばい。
ははははははは
バンコクのすっぱいつまみ

カタカナとひらがな
漢字
タイの文字
ローマ字
バンコクうけいれるまち

パッポン通り

観光地のことばはおもさがかるすぎて
わたしはいつもめまいがします

ならんでるとけい
あふれるいろのしゃつ
ふっかけるねだん

みんなにせもの

シンハーを
飲んでも飲んでもみひらいた目に
あたらしい情報ばかり

ゴーゴーバー

棒をもってくねらす身体　長い足
わたしがちかちかするゴーゴーバー

番号をつけておどるおんなたち
そのてんしょんが
よくわからない

日本語を勉強している女の子の名前はマユリー

くりかえし五木ひろしをかけている店で
マユリー
うなぎは食べない

「190B《バーツ》　この服は」

マユリーのタンクトップのねだんを知ります

「マユリーはくじゃくのいみです
あいさんは？」
おもわず　はねを　ひろげてました

なまえのいみ　きかれて
「Love」とこたえたら
マユリーは　とてもいい顔でした。

よくわからなくなるんだけど
マユリーがわらった。から
今　愛でよかった。

かんたんに「原ばくおとす」とかいうな
わらうな
マユリーをつれて帰るな

ソンクラーン
いーな。
今そこにかけてって
こんにちはって水かけたいよ

にんくいしん
でぃえんなお
みんばい
ははははは
ははははは
ははは
はは
（無音）

28の女のあし

よくはれた朝っぱらからシェルブールの雨傘ながれる　らじおはおとこ

ほそくもなく　ふとくもなく
でもゆがんでる
28のおんなのあしだ

星か花をたべてるみたい
すきだった　遠いおとことでんわではなす

ぱそこんもせんちめんたる
教習も入力すると郷愁という

いま　まお　と
ちいさくないたの
わたくしのなにかか
それとも　おもての　ねこか

わかった

あけがたが
たばこみたいで
まどのそと
ゆうびんのあかいくるまがみえた

アンアンの星占いで　れんあいのところを見なくてすむの　うれしい

じょしつ機の水すてながら　ゆめをみる

つぎは　からりとかわいた国に

おもいでを
どんどんすてていったので
いまの　ぼくは　にもつがすくない

ふきそうじしていて
これは、さかなのめ？かとおもったら
しろい　けしごむ

ちがう。ごしょうと　よみます
いみがね。
哀願です

かなしいおねがい
かなしいねがい

親子ぱん教室に声かけられて　なんとなくそのようにふるまい

あいらぶゆー
ぶゆーでん
でんとうこわれた
れたすくらぶばかりかってる。

きっちんで　ゆめみる
とおい　とーきょーの夜のこと
高いひーるのことなど

くつのなかに小石はいってあるくたび違和感があるが　ぬぐときがない

うつくしい　かーぺっとなどにかこまれて
友だちが告げるある日のちゅうぜつ

とりにくのような　せっけんつかってる
わたしのくらしは　えいがにならない

どこからも風入らない服を着て　つつましくくらす　ことしの冬は。

なぜここにいるのかわからなくなってしまったよるです　てれびをみます

あのまちを　おもいだすとき　いつも冬
マルチボーダーのロングマフラー

おんなのひとは　いっつもいっつも　ころされてばっかり
ぜつぼうてきな寒さね

あのふゆに　あのひととみた　あの花は　きれいだったな　甘やかされて

ねこ飲んだ半額カールスバーグの瓶
日にさらされて
日に　さ　ら　さ　れてる

なにもかもがゆめみたいだねー
そうかゆめか
それでがてんがいった
わかった

あとがき

校正作業で、久しぶりにＯ脚の膝を読みました。
光がまぶしいなあと思いました。若いなあと思いました。
感情を外に出せたこと。水原さん穂村さんにみつけてもらったこと。
岡井さんをはじめとする短歌の先輩や友だちに出会えたこと。

短歌に出会えたことは、わたしにとって思いがけない幸運でした。

書肆侃侃房の田島安江さん、藤枝大さん、デザイナーの加藤賢策さんには、大変お世話になりました。急な思いつきにも、柔軟に対応してくださいました。

子ども（8才）。家族、友だち。これまで出会った全ての人に感謝しています。

２０２１年　５月さいごの日に

今橋　愛

本書は『O脚の膝』（二〇〇三年、北溟社刊）に『星か花を』（二〇一五年、マイナビ出版刊）を加え、一冊としたものです。

著者略歴

今橋愛（いまはし・あい）

一九七六年大阪生まれ、大阪在住。歌人。一児の母。
大学在学中に岡井隆の授業で現代短歌に触れ、二十三才で短歌をつくりはじめる。他の歌集に『としごのおやこ』。共著に『いまドキ語訳越中万葉』『トリビュート百人一首』がある。

現代短歌クラシックス07

歌集　O脚の膝

二〇二一年六月二十五日　第一刷発行

著　者――今橋愛
発行者――田島安江
発行所――株式会社 書肆侃侃房（しょしかんかんぼう）
〒810-0041
福岡市中央区大名2-8-18-501
TEL 092-735-2802
FAX 092-735-2792
http://www.kankanbou.com　info@kankanbou.com

ブックデザイン――加藤賢策（LABORATORIES）
編　集――藤枝大
DTP――黒木留実
印刷・製本――亜細亜印刷株式会社

ISBN978-4-86385-465-9 C0092